MONSIEUR BOFFINET

COMÉDIE EN TROIS ACTES

Par Marcel Cellier

ÉTUDIANT EN MÉDECINE

ET DIRECTEUR AU PATRONAGE SAINT-VINCENT DE PAUL D'ANGERS

❧

SAINT-AMAND (Cher)

IMPRIMERIE CATHOLIQUE SAINT-JOSEPH

63, rue du Pont-du-Cher, 63

PARIS	LYON
DELHOMME ET BRIGUET	DELHOMME ET BRIGUET
Libraires-Éditeurs	Libraires-Éditeurs
13, rue de l'Abbaye, 13	*3, Avenue de l'Archevêché, 3*

1890

MONSIEUR BOFFINET

Comédie en trois actes

PERSONNAGES

Monsieur Boffinet, propriétaire.
Anastase, son valet.
Coupepapier, juge de paix.
Victor Francastel, neveu de Boffinet.
Chassepoule,
Lapincheux, } paysans.
Madru,
d'Espingoles, président de fabrique.
Le Sous-Préfet.
Champignon, paysan.
Répétaud, régisseur de Monsieur d'Espingoles.

Décors. Chambre simple. Tables avec sphères.
Instruments de Physique. Chaises.

MONSIEUR BOFFINET

COMÉDIE EN TROIS ACTES

ACTE PREMIER

SCÈNE Iʳᵉ

Anastase (rangeant le ménage).

ANASTASE

Ah ! ça, c'est-il un visoir de pompe nouveau système, que notre maître a rapporté de la ville, l'autre jour ? Ça se tire, et puis ça se détire ; ça s'enfonce, ça se désenfonce. Et le croiriez-vous ? Pensez qu'il a été installer cela au fin haut de la maison ; je ne sais pas s'il veut éteindre les feux de toute la commune ou les étoiles du bon Dieu ! Car faut vous dire que notre maître, honorable fumiste, retiré des affaires est un contre-capitaine des pompiers, serpent au lutrin, marguillier de la paroisse, adjoint à M. le Maire, membre correspondant de la société as...as... Ah !... c'est-il permis d'avoir des noms comme ça, as...as...Enfin là-dedans il regarde toujours dans le ciel quand c'est qu'il fait noir, comme s'il ne serait pas bien mieux au lit. (Il va écouter à la porte.) Ah ! saint Anastase, mon patron ! L'entendez-vous qui dégringole l'escalier.

SCÈNE II

Boffinet, Anastase.

BOFFINET

Foi de Pancréas-Florimond, Boffinet, c'est épouvantable !

ANASTASE

Allons, Monsieur, le feu a-t-il pris quelque part ?

BOFFINET

S'il n'y avait que cela, ce serait l'affaire de deux coups de pompe, et par mon casque, ce serait bientôt fini.

ANASTASE

Est-ce que la fabrique aurait fait de mauvaises affaires ?

BOFFINET

Mais non, mais non... c'est bien plus effrayant. Tu sais l'instrument que j'ai apporté de la ville !

ANASTASE

Oui, votre nouveau visoir... Je ne me l'explique pas encore.

BOFFINET

Mais, triple bête, ce n'est pas un visoir, c'est une lunette qui nous permet de voir dans la lune comme je te vois.

ANASTASE

C'est pas étonnant! la mère Gervoise, elle m'a dit comme ça l'autre jour, que j'étais une grosse lune; je saisis l'astuce à présent.

BOFFINET

S'il ne faut pas qu'il dise toujours! Écoute donc: J'étais à admirer, à contempler, à calculer, la 9ᵐᵉ tache de la lune, et dans mon ravissement j'ai donné un brusque mouvement à mon affaire, et patatras! voilà tout ça qui s'emballe, qui dégringole et qui va s'abattre sur la serre de mon voisin, le Juge de paix, le père Coupepapier.

ANASTASE

Ç'a dû en faire du bruit!

BOFFINET

Si encore ça n'avait fait que du bruit! mais ses beaux camélias en morceaux, en capilotades.

ANASTASE

Ah! monsieur, c'est que ce n'est pas une petite affaire; il va vous en demander des écus!

BOFFINET

Oh! Léopoldine Boffinet, née Pincebec, ma défunte épouse, dont je suis veuf, m'a toujours dit: « Mon pauvre Boffinet, tu n'auras jamais de chance. »

ANASTASE

Ah! Monsieur, Monsieur, votre histoire me

faisait oublier... mais cependant si vous avez quelque chose à dire... et d'ailleurs je ne voulais pas vous interrompre.

BOFFINET

Eh bien quoi ?

ANASTASE

Ah ! c'est que, monsieur... ne vous emportez pas ; quoique ce soit pressé, je n'ai pas la parole facile comme vous.

BOFFINET

Dis toujours.

ANASTASE

Bien, devinez.

BOFFINET

Ah ! que n'as tu suivi ma lunette dans la serre de monsieur Coupepapier.

ANASTASE

Eh bien ! puisque vous ne devinez pas, je vais vous le dire.

SCÈNE III

Les mêmes. Chassepoule, (entrant brusquement).

CHASSEPOULE

Pardon, excuse, M. Boffinet, si je vous la cou-

pons ; mais c'est que je vais vous dire : M. le maire,
il est à curer son ruisseau dans les bas.

BOFFINET

Que le diable t'emporte avec tes ruisseaux dans
les bas.

ANASTASE

(A Chassepoule) Mais oui, laissez-moi dire à monsieur ce qu'il n'a pas pu deviner.
(A Boffinet) Je vous dirai donc, Monsieur...

CHASSEPOULE

Silence dans les rangs ! respect à la garnison de
la commune ! les affaires de l'État avant tout.

BOFFINET

O Léopoldine Boffinet, née Pincebec, que tu
avais dit vrai ! (A Chassepoule) Allons, as-tu fini?...

CHASSEPOULE

C'est qu'il y a le gars Gunegond et la domestique
à notre pharmacien, qui voulant pas moins abou-
tir à se marier ; et n'y a pas, puisque M. le maire,
il n'est pas là, il faut que ça soit vous qui leur
enmanchiez leur affaire.

BOFFINET

Je serai donc toujours dérangé !

ANASTASE

Bref, Monsieur, on a apporté !.,.

CHASSEPOULE (mène Boffinet devant lui).

Par file à gauche, en avant ! marche !

ANASTASE (les suivant).

Monsieur, Monsieur, attendez donc que je vous le dise.

CHASSEPOULE

Reste là, Croque-mouche. Les affaires de l'Etat avant tout. (Chassepoule et Boffinet sortent).

SCÈNE IV

Anastase (seul).

ANASTASE

C'est que c'est une dépêche qu'on a apportée ; ordinairement ces machines-là, c'est tout à fait pressé ; (se grattant l'oreille) j'ai tout de même eu tort de ne pas lui dire tout de suite ; dame aussi, est-ce que je pouvais penser que ce vieux grognard de père Chassepoule serait venu m'arrêter au bon moment ?

SCÈNE V

Anastase, Coupepapier.

COUPEPAPIER (sans voir Anastase).

Nous verbaliserons, M. Boffinet ! et vous répondrez à mon tribunal des dégâts que vous avez faits à mes immeubles. Non, lorsque les Goths ont ravagé la Gaule, on ne vit pas plus de débris.

ANASTASE

C'est donc tout de même conséquent ?

COUPEPAPIER

Ah ! te voilà, toi ! où est ton maître ? Où est-il le scélérat qui a attenté à mes jours ? C'était une vengeance ! il y a eu préméditation. Tout cela, parce que je n'ai pas voulu lui vendre le petit bout de champ où se trouve le petit abricotier, qui a des abricots que ma femme aime tant.

ANASTASE

Ah ! croyez-vous que mon maître en voie si long ?

COUPEPAPIER

Enfin, je le retrouverai, il ne perdra rien pour attendre. Entre nous désormais c'est la guerre à outrance jusqu'à complet épuisement; il m'attaque par en haut, je l'attaquerai par en bas. (Il sort).

SCÈNE VI

Anastase, Boffinet.

ANASTASE

Ils se feront sûr du mal. C'est déjà fini, Monsieur ?

BOFFINET

C'était bien la peine de me déranger, puisqu'ils n'ont plus voulu.

ANASTASE

Tout ça c'est pour vous dire, Monsieur, qu'il est venu tantôt un homme, que je ne vous nommerai pas : je ne le connais pas.

BOFFINET

Va toujours.

ANASTASE

Il en est bien venu un autre que je connais, c'est M. Coupepapier, et pas de belle humeur, que je dis.

BOFFINET

Allons, je m'y attendais, mais tu me diras cela après.

ANASTASE

Or donc, Monsieur, cet homme, pas M. Coupepapier que je connais, mais l'autre, vous savez.

BOFFINET

Ah ! vieille lune !

ANASTASE

A apporté pour vous une dépêche.

BOFFINET

Une dépêche, malheureux, et quand ?

ANASTASE

Ah ! il y a bien, voyons... où en est le soleil ?
Tenez, il y a bien deux heures ; tenez pour ne point
chicaner, mettons une heure trois quarts.

BOFFINET

O bélitre des bélitres ! hippopotame ! Tu ne
sais donc pas qu'une dépêche annonce toujours
quelque chose d'important. Donne-la moi.

ANASTASE

Ah ! où l'ai-je jamais fourrée ?

BOFFINET

Il ne fallait plus que cela...

ANASTASE

Ah ! Monsieur, je sais, je sais, je l'ai laissée
dans la cuisine. (Il sort.)

SCÈNE VII

Boffinet, seul.

BOFFINET

Qui jamais peut m'envoyer une dépêche ? et
M. Coupepapier ! et ma lunette qui m'avait coûté
si cher ! Et le sous-préfet qui vient passer le conseil de révision demain !
Anastase, viens-tu ? Et la réunion du conseil de
fabrique après-demain soir, et le grand service de
la messe à M. d'Espingoles. Anastase, dromadaire.

SCÈNE VIII

Boffinet, Anastase.

ANASTASE

En voilà une affaire, Monsieur !

BOFFINET

Quoi donc ?...

ANASTASE

Ah ! je ne puis pas vous donner cela comme ça.

BOFFINET

Qu'est-ce qu'il y a encore ?

ANASTASE

Imaginez-vous, Monsieur, qu'Ambroisine, la cuisinière, n'avait trouvé rien de mieux à faire que de tortiller le bout de son gigot avec ça. Une belle affaire ! elle n'a pas d'astuce, cette fille !

BOFFINET

Ah ! bien, c'est le reste. Donne toujours. (lisant avec peine) « Dépêche. Francastel à Boffinet. Ma « mère mourante veut vous voir de suite. Prendre « train 8 heures. Vous attendrai à la gare, de grâce « venez. Neveu Francastel. »

ANASTASE

Madame Francastel ! elle était pourtant d'un furieux tempérament.

BOFFINET

Ma pauvre sœur ! et le train de 8 heures qui est parti !

ANASTASE

Ah ! pour ça, oui, Monsieur, il est 9 heures moins un quart.

BOFFINET

Et c'est ta faute, animal. Pauvre sœur, je ne la reverrai donc pas ! Enfin jé vais prendre le train de 9 heures 8 minutes, va me préparer ma valise.

ANASTASE

Mais, Monsieur, vous n'avez pas qu'une valise.

BOFFINET

Mais n'importe laquelle.

ANASTASE

Encore faut-il savoir ce que vous voulez emporter. Combien de chemises ? Combien de vêtements ?

BOFFINET

Oh ! quel être assommant ! Penses-tu donc que je parte pour jusqu'à l'année prochaine ?

ANASTASE

Alors je vais tout simplement mettre à Monsieur un habillement gris, ce n'est pas salissant.

BOFFINET

Pour aller à un enterrement, n'est-ce pas ? Pourquoi pas mettre un pantalon blanc ?

ANASTASE

Alors je vais faire pour le mieux. (Il sort).

SCÈNE IX

Boffinet, Chassepoule.

BOFFINET (regardant à sa montre).

9 heures moins 12 minutes, j'ai encore le temps ; j'ai pour trois minutes à courir à la gare. Ma pauvre sœur !

CHASSEPOULE (entrant).

Pardon, excuse, monsieur Boffinet, si c'était un effet de votre bonté de nous dire ousqu'il faudra piquer les piquets pour le comice agricole, jeudi !

BOFFINET

Allons, j'avais encore oublié que j'étais commissaire du comice agricole ! (Regardant à sa montre) 9 heures moins 11 minutes.

CHASSEPOULE

Faut-il laisser une passée pour la circulation à tout le monde, bêtes et gens, du côté de l'église ou bien du côté de la fosse au fumier de l'auberge du Pain-Rôti ?...

BOFFINET (sa montre en main).

Oui ; oui ; oui ; oui !

CHASSEPOULE

Bien, lequel des deux ? Je vas vous dire une
chose, c'est qu'au jour du comice, c'est pas un
jour ordinaire, pour vrai.

BOFFINET

Oui, oui, oui !...

CHASSEPOULE

On s'arrose comme ça un brin, et je crois qu'il
y aurait du danger pour la population de passer
sur le bord de la fosse à fumier de l'auberge.

BOFFINET

9 heures moins 9 minutes. Eh bien soit, comme
tu voudras. La passée d'un côté, les vaches à droite,
les bœufs à gauche, les chevaux au dessus, les
moutons dans le milieu, les cochons par derrière,
les poules tout autour ; as-tu compris?

CHASSEPOULE

Oui, j'ai bien compris, mais je ne saisis pas très
bien ; je verrai mieux si vous me montrez cela.

BOFFINET

Oui, oui, oui, quand je reviendrai demain ; je
suis obligé de m'absenter.

CHASSEPOULE

Il n'y a pas de demain. Tous les ouvriers sont
là, les affaires de l'État avant tout.

BOFFINET

9 heures moins 8 minutes. Anastase, ma valise,
mon chapeau, ma couverture, mon pardessus.

CHASSEPOULE

Monsieur, je vous attends en bas. (Il sort).

BOFFINET

Oui, oui, oui. Va toujours. Allons, Anastase, au
galop.

SCÈNE X

Boffinet, Anastase.

ANASTASE (une caisse sur le dos).

Ah ! dame, un peu de patience, si vous croyez
que ça se remue comme cela, votre valise.

BOFFINET

Imbécile, où a-t-il été me dénicher cela ?
Je t'avais dit ma valise.

ANASTASE

Vous savez, monsieur : Prudence est mère de
sûreté, quand on part en voyage, faut prendre ses
précautions : je vous ai mis des chemises.

BOFFINET

Oui, oui.

ANASTASE

Des mouchoirs, des bas, des gilets de peau.

BOFFINET

9 heures moins 3 minutes. Animal... Eh bien ! je partirai comme ça, ou plutôt je vais prendre tout de suite mes affaires noires ; ouvre la caisse et apporte-les dans mon cabinet. (Il sort.)

SCÈNE XI

ANASTASE (ouvrant la caisse).

En voilà un tourment, il me ferait tourner le sang.

BOFFINET (dans la coulisse).

Bon ! mon bouton de faux-col parti.

ANASTASE

Attendez, Monsieur, je vais vous le recoudre.

BOFFINET

9 heures moins 1 minute, jamais je ne partirai; imbécile d'Anastase !

ANASTASE

Ah ! monsieur, j'entends, mais vous allez vous rendre malade.

SCÈNE XII

Les mêmes, Coupepapier (entrant.)

COUPEPAPIER

Il faut que justice se fasse, et justice se fera.
Anastase...

ANASTASE

Après, Monsieur ?

COUPEPAPIER

Où est M. Boffinet, ton maître ?

ANASTASE

Monsieur, il n'est pas visible.

BOFFINET

9 heures 2 minutes, ah !

COUPEPAPIER

J'entends sa voix, je veux lui parler ; je lui
parlerai.

ANASTASE

Mais Monsieur, il veut prendre le train ; il n'a
pas de temps à perdre.

COUPEPAPIER

Oh ! je comprends, il veut échapper à la justice
vengeresse ; eh bien ! s'il ne veut pas m'entendre,
Chassepoule est en bas, et sur un signe de ma
main, Chassepoule fera son devoir.

BOFFINET (entrant à demi vêtu).

Ah! cher et bon M. Coupepapier, dites bien vite; le train va partir.

COUPEPAPIER

Cher et bon Monsieur...! Voyez-vous cette âme noire, lui qui a attenté à mes jours!

BOFFINET

. Ma lunette n'a pourtant atteint que votre serre. 9 heures 3 minutes!

COUPEPAPIER

La lunette, l'hypocrite! c'était une bombe Orsini.

BOFFINET

Mais, foi de Pancréas-Florimond Boffinet, je vous assure que c'était une lunette. D'ailleurs nous nous arrangerons demain à mon retour.

COUPEPAPIER

Doucement, vous ne partirez pas avant d'avoir entendu la narration fidèle du forfait que la passion vous a porté à essayer.

BOFFINET (s'en allant).

Mais, mais, 9 heures 4 minutes!

COUPEPAPIER (le retenant).

Pour que le remords ronge votre âme coupable,

avant que la justice humaine ait statué sur votre sort ; apprenez donc, Monsieur, que votre engin criminel lancé par une main que le premier crime faisait sans doute trembler, au lieu de tomber directement sur ma chambre, où je dormais du sommeil du juste, a dévié dans sa chute, a brisé mes persiennes, ma fenêtre, mon pot à l'eau, dont l'ance a été retrouvée devant l'église, a lancé l'espagnolette dans ma chambre, laquelle espagnolette m'a blessé l'œil gauche, a brisé mon lorgnon, ma tasse de tisane et une bougie toute neuve.

BOFFINET

9 heures 5 minutes !

COUPEPAPIER

De là, le sus-dit engin est tombé sur ma serre, a déraciné mes camélias, a lancé un pot plein de terre qui a été s'abattre dans la cour aux poules, y a tué une mère poule et ses douze poussins. (Boffinet se sauve.) Et ce n'est pas tout, Monsieur, ma domestique réveillée par ce bruit épouvantable a cru que le feu était à la maison, et dans sa frayeur s'est jetée par la fenêtre dans la douve d'où on a eu grand peine à la retirer. Mais où est-il ce scélérat de Boffinet ?

SCÈNE XIII

Coupepapier. Anastase.

ANASTASE

Voilà pourtant Monsieur parti, on peut dire que ce n'est pas sans peine.

COUPEPAPIER

Il est parti, vraiment, c'est par trop fort, il joint l'insulte au crime! Mais la justice le retrouvera.

ANASTASE

Pas aujourd'hui, Monsieur, il n'y a plus de train qu'à 4 heures.

COUPEPAPIER

Silence, insolent! Tiens, j'entends Chassepoule. Quel nouveau crime a-t-il découvert?

SCÈNE XIV

Les mêmes. Chassepoule.

CHASSEPOULE

Ah! par tous les diables de l'enfer, M. Boffinet! c'est horrible!

COUPEPAPIER

N'est-ce pas, Chassepoule? Pourrait-on croire à une vengeance aussi odieuse.

CHASSEPOULE

Je ne vous parle pas de vengeance, je parle de comice agricole.

COUPEPAPIER

Ah! le comice agricole n'est rien, auprès de la grave affaire qui m'occupe.

CHASSEPOULE

Pardi, vous n'êtes rien du tout dans le comice agricole! Mais je voudrais bien vous voir avec des piquets à planter. Et puis, M. Boffinet qui me passe par dessus le corps en me criant: Les vaches à gauche, les bœufs à droite, les chevaux par-dessus, les moutons sur le derrière.

COUPEPAPIER

Voilà ce que c'est! On veut s'occuper de tout, et l'on n'aboutit à rien. L'on est capitaine des pompiers, serpent au lutrin, marguillier, adjoint etc., et l'on ne peut pas dire comment planter des piquets: pique ceci, cela.

CHASSEPOULE

Vous dites, Monsieur, c'est-y pour planter mes piquets? Je vous comprends encore bien moins que lui!

COUPEPAPIER

Tais-toi, Chassepoule, songe que je suis ton supérieur dans la hiérarchie judiciaire, je suis la main, tu es l'instrument.

ANASTASE (riant).

Le père Chassepoule qui est un instument, c'est-il un serpent!

COUPEPAPIER (à Anastase).

Hors d'ici, vil servant d'un maître plus vil encore. (Anastase sort.)

COUPEPAPIER

Toi, Chassepoule, assieds-toi là, et dressons procès-verbal de l'acte commis sur ma personne, par M. Boffinet.

SCÈNE XV

Coupepapier. Chassepoule.

CHASSEPOULE

D'abord, Monsieur, respect parler, faut envoyer le signalement du prévenu à toutes les brigades; pour ça je m'en charge, les procès-verbal, ça me connaît. (Il écrit.)

COUPEPAPIER

Ah ! la bonne affaire. Voyez-vous M. Boffinet, l'adjoint au maire, capitaine des pompiers, marguillier, commissaire du comice, revenant entre deux gendarmes. O Boffinet, adieu, ta gloire expire et ton règne est passé ! Et nous serons là pour en avoir les débris.

CHASSEPOULE

Voilà qui est fait, Monsieur, et puis bien ; écoutez-moi ça. Taille ordinaire, bouche ordinaire, nez ordinaire, yeux ordinaires, menton ordinaire, barbe ordinaire, cheveux ordinaires. Eh bien, trouvez donc une douzaine de gardes-champêtres qui vous troussent un signalement comme ça.

COUPEPAPIER

Avec cela le coupable est sûr de son affaire.

Maintenant dressons procès-verbal. (Dictant:) Le 17 mars à 1 heure 57 minutes du matin, le sieur Boffinet, propriétaire, demeurant à Landdivisiau, département du Finistère, en face la boutique à la marchande de pommes cuites, dans la rue qui va au marché aux veaux, a lancé sur la maison de M. Coupepapier, juge de paix aux dits lieux et département, un engin de guerre, prohibé par la loi, dans le but évident d'attenter aux jours du susdit Coupepapier, juge de paix. Cet engin a commis divers dégâts, dont rapport sera fait par un expert-juré. Le 17 mars le prévenu a pris la fuite, avouant ainsi sa culpabilité. Fait sur les lieux, le 17 mars à 9 heures du matin. Le garde champêtre délégué à la justice de paix : CHASSEPOULE. — Le juge de paix : COUPEPAPIER.

Maintenant, Chassepoule, si M. Boffinet est pincé, tu sais ? tes appointements sont doublés.

CHASSEPOULE

Et j'aurai le bureau de tabac ?

COUPEPAPIER

Je te le promets.

CHASSEPOULE

Alors à l'œuvre ! Mon signalement, le procès-verbal ; les voilà. En route, en route. (Ils sortent.)

SCÈNE XVI

Boffinet (rentrant).

Arrivé à la gare deux minutes trop tard ! le train partait ! Ma pauvre sœur.

La toile tombe.

ACTE II

MÊME DÉCOR

SCÈNE Iʳᵉ

BOFFINET (en tenue de voyage, s'essuyant le front).

Je reste comme cela, pour être prêt à partir par le train de 4 heures. J'ai déjeuné, je ne sais comment. O ma pauvre sœur ! Diable de Coupepapier ! imbécile d'Anastase ! et ce vieux grognard de Chassepoule qui m'a encore retardé à la porte! O ma pauvre sœur! (Il se promène.)

SCÈNE II

Boffinet. Anastase.

ANASTASE

Ah ! Monsieur, ce n'est pas pour vous dire ; mais vous avez l'air d'un porte-manteau. Quand je pense qu'il a déjeuné comme cela !

BOFFINET

Eh bien ! qu'est-ce que ça te fait. Voyons, il est 11 heures et demie, faisons le plus pressé.

ANASTASE

Monsieur, avec votre air pressé, vous me brouillez toutes mes idées. D'abord, je vous en prie, débarrassez-vous de vos affaires ; vous êtes capable d'attraper un gros rhume.

BOFFINET

Je t'ai déjà dit que je voulais rester comme cela, pour être tout prêt pour le train de quatre heures.

ANASTASE

Maintenant que je sais ça, Monsieur, ne m'accusera pas de l'avoir enrhumé. J'aurais bien encore une commission à vous faire ; mais Monsieur va encore me dire qu'il est trop pressé. (Des voix dans la coulisse.) Au feu ! au feu à la Merdachère, route de Bouz-le-Fétu.

BOFFINET

25 mille pompiers ! nom d'une pompe ! c'est la fin du monde.

ANASTASE

Voyons, Monsieur, vous n'allez tout de même pas aller comme ça ?

BOFFINET

Je t'ai déjà dit deux fois que je voulais rester comme cela pour être tout prêt pour prendre le train de 4 heures. Donne-moi seulement mon képi d'incendie pour qu'on me reconnaisse.

ANASTASE

Ah ! Monsieur, on vous reconnaîtra bien sans cela, je suis bien sûr qu'il n'y aura personne au feu avec une valise, un parapluie et une couverture.

BOFFINET

Mais presse-toi donc, imbécile. (Anastase sort.)

SCÈNE III

BOFFINET

C'est ennuyeux, mais enfin il n'y a rien de trop. Il n'est guère plus de 11 heures et demie. D'ici 4 heures j'ai encore le temps ; mais avant de partir, il serait prudent de régler deux ou trois petites affaires. Écrivons d'abord à M. le président de la fabrique, pour lui dire que nous ne pourrons pas assister à la réunion d'après-demain. (Il s'assied et écrit en grommelant.) Et d'une. Il y a ensuite le gros père Champignon qui n'a pas payé pour les prés ; il faut que je lui rappelle cela et vertement. C'est un vieux dur à cuire. (Même jeu.) Et de deux. Qu'avais-je encore ? Ah ! l'imbécile de Chassepoule qui ne peut arriver à piquer ses piquets sans moi! (Même jeu.) Plions tout cela ; et Anastase portera ces lettres pendant que nous serons à braver le terrible élément.

SCÈNE IV

Boffinet. Anastase.

BOFFINET

Monsieur, voilà votre képi ! Voulez-vous que

je vous mette de la confiture avec un morceau de pain pour manger là-bas ! vous n'avez si guère déjeuné. Et ça ne vous embarrasserait guère, ça de plus ou de moins.

BOFFINET

Ah ! bon.

ANASTASE

Je vas bien vous l'envelopper dans un morceau de papier.

BOFFINET

Quel assommoir !

ANASTASE

Allons, Monsieur, que Dieu vous garde, et pompez bien.

BOFFINET

Au revoir. Ah ! j'oubliais, tu vas porter ces trois lettres à destination ; les adresses sont dessus, tu entends. (Il sort.)

SCÈNE V

ANASTASE

Pauvre Monsieur, il va se faire périr ! Et puis avec ses dépêchements, il ne m'a pas donné le temps de lui dire que M. le sous-Préfet avait prévenu le maître d'école que le conseil de révision, était tantôt et non pas demain, à moins que je lui aurais dit sans m'en apercevoir, mais je ne crois pas. Voyons, faut aller vite porter ces lettres : une à M. le président de la fabrique, l'autre au père Champignon au bout du bourg ; celle-là au vieux tout laid de père Chassepoule ; allons-y gaîment, et puis si je pouvais le rattraper pour lui faire ma commission. (Il va pour sortir.)

SCÈNE VI

Anastase. Lapincheux. Madru.

LAPINCHEUX

Est-il permis, sans vous offenser, la compagnie ?

ANASTASE

Entrez toujours.

MADRU

Salut ben ! je voudrais parler une petite parole à M. Boffinet.

ANASTASE

Les enfants, il est au feu, à la Merdac hère.

LAP INCHEUX

Oh ! bien, il ne va pas être longtemps, c'est deux ou trois bourrées qui fument.

MADRU

Si je pouvions l'attendre ici ; ça serait plus sûr...parce qu'enfin... faut que ça finisse.....

ANASTASE

En ce cas-là, vous vous tiendrez compagnie tous deux... parce que il faut que j'aille faire une commission ; je suis déjà en retard... Asseyez-vous là..., et ne touchez à rien.

LAPINCHEUX

Soyez tranquille... On ne fera point de casse...
(Anastase sort.)

SCÈNE VII

Lapincheux. Madru.

LAPINCHEUX

C'est comme je te l'ai dit. Mon gars, quand on veut des pommes, faut aller au pommier, pas vrai ? Eh bien! C'est tout pareil pour les places de chantre s'entend... Qui est qu'pommier là ? C'est M. Boffinet qui est un gros bonnet de la fabrique et de la commune... et qui nous fera avoir ça de première main.

MADRU

T'as toujours eu une comprenoire ben ouverte,

toi... Tu ne vas jamais par quatre chemins. Aussi,
t'as été à l'école six mois de plus que moi... C'est
pas étonnant!...

LAPINCHEUX

Pas de compliments!... Mais faut avouer que
j'arrivons au beau moment. Le père Magloire... il
chante comme une civière... le père Grinchu, on
dirait l'essieu à notre grosse charte, quand il n'est
point graissé... C'est pas comme ça, tiens ! (Il entonne un air d'église.) Qu'en dis-tu, l'ami ?

MADRU

Ah ! tu sais tirer cela du bel endroit... Ça n'em-
pêche pas que je suis ben outillé, moi aussi, va...
Écoute ben ça !... (Il chante à tue-tête *In exitu Israël.*)
C'est ça qui est solennel !...

LAPINCHEUX

Ça ferait trembler une cathédrale ; mais c'est pas
décent pour un enterrement... ça trop l'air de vouloir réveiller les défunts.

MADRU

Oui, mais pour les Rogations dans les bois à
M. d'Espingoles, là-bas, ça ferait tomber un san-
glier du haut mal.

LAPINCHEUX

Moi... à ce que m'a dit notre vicaire, j'ai une

voix symphonique... qui parle à l'âme. (Il entonne un
air langoureux et faux.)

MADRU

Oui... ça ne mène pas assez de bruit, et vois-tu,
mon gars, c'est ça qu'il faut: du bruit, toujours du
bruit...

LAPINCHEUX

Je te dis pas... mais je me trouve tout à fait bien
comme je suis...

MADRU

Je ne chicane pas non plus... mais je ne chan-
gerais pas mon tuyau.

LAPINCHEUX

Mais il y aura moyen de bien faire tous deux.
L'autre jour j'étais à la ville, à la grand'messe. Il
y a dans le fond de l'église une espèce de grand
bahut... ça ressemble au pressoir de M. le Comte;
il y a un tas de tuyaux de gouttières par devant.
Et il y avait là dedans trois hommes, qui chan-
taient ensemble... mais point pareil. Ah ! mon ami
de Dieu !.. que c'était beau !

MADRU

Je crois bien...

LAPINCHEUX

Y en avait un... qui était... comme toi, qui avait

une voix à tout casser... Il chantait toujours dans
les bas...

MADRU

Comme ça... n'est-ce pas ? (Il fait trois ou quatre
notes basses.) Je connais ça.

LAPINCHEUX

Positivement... Et puis il y en avait un autre
qui chantait dans les hauts... tiens comme qui dirait ça. (Il chante haut.) Je me suis laissé dire que
c'était un duo. Pour chanter cela... il paraît qu'à
trois, c'est pas bien commode, mais à un tout seul
ça devient difficile... comme tu ne peux pas croire.

MADRU

Ça dépend de l'habitude...

SCÈNE VIII

Les mêmes, Coupepapier.

COUPEPAPIER

Tout est donc parti dans cette boutique ?...

MADRU

Bien bonjour... M. Coupepapier.

3

COUPEPAPIER

Bonjour, mon gas.

LAPINCHÉUX

Ça va-t-il comme vous voulez, M. le juge...

COUPEPAPIER

Pas tout à fait... Je cherche M. Boffinet depuis ce matin... je ne puis mettre la main dessus... Il est pourtant ici, m'a-t-on dit...

MADRU

Et nous aussi, je serions ben désireux de lui causer une miette...

COUPEPAPIER

Qu'avez-vous donc à lui dire comme ça ?

MADRU (à Lapincheux).

Dis-donc..., toi qui parles ben ?...

LAPINCHEUX

C'est, M. le juge, que les deux chantres, ils vont prendre leur retraite... et comme j'avons tous deux, surtout moi... de superbes voix, je serions ben aise de les rendre utiles.

COUPEPAPIER

Mais, mes enfants, à qui vous adressez-vous

pour cela ? Le père Boffinet est méprisé... tout le
monde rit de lui.

MADRU

Pas les pompiers... parce qu'il les fiche au clou.

COUPEPAPIER

Oui... on a peur de lui, mais on ne l'aime pas,
on le craint... c'est un méchant homme ... Tenez,
mes amis... voulez-vous avoir confiance en moi.

LAPINCHEUX

Dame, si vous croyez mieux faire, Monsieur...
sans doute.

MADRU

C'est ben clair...

COUPEPAPIER

Eh bien, je suis au mieux, vous savez, avec M. le
curé et le président de la fabrique. (A part.) Je les dé-
teste. (Haut.) Ils m'écouteront beaucoup mieux que
ce pauvre père Boffinet qui est à moitié toqué...
et vous aurez vos places au chœur...

LAPINCHEUX

Ben vrai, Monsieur?

MADRU

C'est point de triche ?

COUPEPAPIER

Ne vous tourmentez pas. Je me charge de tout et tout ira comme sur des roulettes, à une condition... toutefois ?...

LAPINCHEUX

Savoir ?

MADRU

Qu'on fera-t-y, Monsieur ?

COUPEPAPIER

Mes enfants... C'est entre nous, vous savez, les prochaines élections vont bientôt arriver... le père Boffinet est usé ... ce n'est plus qu'une vieille savate.

LAPINCHEUX

Un vieil habit usé jusqu'à la corde.

MADRU

Dit-y ben... au moins... ce gas là.

COUPEPAPIER

C'est ça... précisément... Eh bien !... vous comprenez à présent... Au panier des retailles... n'est-ce pas ?...

LAPINCHEUX

Compris...

MADRU

Entendu...

COUPEPAPIER

Tapez-là... les enfants... Et puis dormez sur vos
deux oreilles... et un de ces jours vous vous
réveillerez, grâce à moi... chantres de la paroisse.

LAPINCHEUX

Merci, ben... M. le juge... En ce cas-là, j'allons
nous en aller...

MADRU

C'est pas pour dire... M. Coupepapier... Mais je
vous devrons un fier cierge.

COUPEPAPIER

Au revoir... les enfants. (Ils sortent). O Boffinet...
la guerre à outrance..... Adieu ! ta gloire expire et
ton règne est passé.

SCÈNE IX

Coupepapier, Victor Francastel.

COUPEPAPIER

Qu'est-ce que c'est que ce grand escogriffe-là ?

FRANCASTEL

Pardon, mon brave garçon..... C'est bien ici
qu'habite M. Boffinet?... Pourrai-je le voir ?

COUPEPAPIER,

Est-ce que je sais moi ?... Cherchez-le ; si vous le trouvez... vous me l'amènerez.

FRANCASTEL

Ah ! vous n'êtes donc point son domestique !...

COUPEPAPIER

Apprenez... jeune insolent... que je suis le suprême représentant de la justice à Fouilly-Landivisiau-les-Oies.

FRANCASTEL

Monsieur, je suis vraiment confus... Je vous serais cependant bien reconnaissant, si vous pouviez me dire où trouver mon oncle ?

COUPEPAPIER

Pour l'instant, Monsieur... je n'en sais rien. Je le cherche... moi-même, mais dans quelques jours... ce sera dans le fond d'une prison que vous pourrez le trouver.

FRANCASTEL

Mon oncle, en prison !...

COUPEPAPIER

Un joli oncle... Monsieur... qui vous tuerait quelque beau jour si la justice n'était pas là...

infatigable sentinelle, pour veiller au salut de tous...

FRANCASTEL

Monsieur... je ne doute pas de votre éloquence, mais... je serais bien plus heureux de savoir quel crime mon oncle a pu commettre...

COUPEPAPIER

Vous le saurez trop tôt... Monsieur. (Il salue majes- tueusement et sort.)

SCÈNE X

FRANCASTEL.

En voilà une affaire! Mon oncle Boffinet capable d'un crime... Vous me feriez plutôt croire que ma tête n'est plus sur mes épaules. (Apercevant Anastase.) Du coup, ce doit être son domestique Anastase.

SCÈNE XI

Anastase, avec des morceaux de lunette. Francastel est dans un coin de la scène

ANASTASE (sans voir Francastel).

J'ai bien vite été porter mes lettres...et au lieu de courir après Monsieur...qui devait être bien loin, je suis revenu par le jardin à M. Coupe- papier...histoire de voir les dégâts, et j'ai ramassé ce beau fait là. (Il montre les débris de la lunette.) C'est ça qui fera bien sur ma cheminée...ça doit être un vieux fond de bonbonnière...

FRANCASTEL

Pardon... mon brave homme.

ANASTASE (à part).

Qui est-ça... encore?

FRANCASTEL

C'est bien vous le domestique de M. Boffinet?

ANASTASE

Oui, Monsieur, pour son bonheur... car sans moi....

FRANCASTEL

Je n'en doute pas... Mais pourriez-vous me dire où je le trouverais?

ANASTASE

Monsieur, vous le trouverez au feu à la Merdachère...

FRANCASTEL

Est-ce loin?...

ANASTASE

Dame! Monsieur... faut encore faire quelques sabotées pour y arriver... Et puis... je vais vous dire une chose... quand Monsieur est au feu... le diable ne l'approcherait pas... il ne voit que le feu... les pompes et les pompiers.

FRANCASTEL

Alors... je reviendrai plus tard, mais comme ce que je voulais lui dire est très pressé et fort important pour lui s'il rentre avant moi... vous voudrez bien lui dire que Madame Francastel ma mère est complètement remise de l'indisposition... qui nous a tous inquiétés...

ANASTASE

Ah! brave chère dame Francastel !... Je l'avais toujours dit que ça ne se pouvait... qu'elle fût malade... un si furieux tempérament !...

FRANCASTEL.

De sorte qu'il est inutile que mon oncle prenne le train de 4 heures. Tu as entendu, n'est pas ?...

ANASTASE

Oui, Monsieur, ne vous tourmentez pas... Pour les commissions... il n'y en a pas deux comme moi. (Francastel sort.)

SCÈNE XII

ANASTASE

C'est ça le neveu à notre maître... dont il parle si souvent... qui a tant d'esprit. Il va être bien content de le revoir... Du coup...faut pas que j'oublie cette commission-là : il n'y aurait plus de plaisir... Justement... j'entends sa voix ; allons, attention.

SCÈNE XIII

Anastase, Boffinet.

BOFFINET

Eh bien ! Anastase... as-tu fait mes commissions ?

ANASTASE

Monsieur, avant de vous répondre, voulez-vous
me permettre ?...

BOFFINET

Allons quelle histoire va-t-il me commencer ?
Réponds-moi d'abord... Nous verrons ensuite.

ANASTASE

Mais, Monsieur. Ah! vous avez les cheveux tout
roussis.

BOFFINET

Qu'est-ce que cela te fait ? As-tu porté mes
lettres ?

ANASTASE

Oui, Monsieur. Tenez... attendez que j'aille vous
chercher un verre de sirop, vous devez avoir eu
grand chaud à ce feu. (Il sort.)

BOFFINET

Non, non, je n'ai pas le temps : il est quatre

heures moins un quart et je vais m'installer à la gare... Ma pauvre sœur !... (Il sort d'un côté.)

ANASTASE (rentrant avec un verre).

Eh bien! Mais où est-il donc ?... C'est curieux, je l'ai pourtant bien vu... bien sûr... puisque je lui ai parlé !... (Appelant.) Eh ! Monsieur Boffinet...Monsieur Boffinet. Vous n'en voulez point ? Et bien !... ça ne se conserve point. (Il avale le sirop.) Grand bien lui fasse.

SCÈNE XIV

Anastase, Chassepoule.

CHASSEPOULE

Vingt cinq sections de tortillards !... Si vous croyez que je suis bien plus avancé pour planter mes piquets !...

ANASTASE

Vous n'êtes pas encore content... que Monsieur vous ait écrit une lettre !...

CHASSEPOULE

Bah ! des lettres comme ça... que je sais encore moins qu'avant où piquer mes piquets !

ANASTASE

C'est parce que vous avez la tête trop dure ?

CHASSEPOULE

Ecoutez donc ça, vous qui faites le malin. Et puis comprenez. (Il lit.) Monsieur, faites comme vous l'entendrez pour la disposition des chaises dans le transept droit : vous savez ce que je vous ai dit à ce sujet. — Et tu crois que ça me dit où piquer mes piquets !... Il parle de chaises, et il ne m'en a jamais rien dit, bien sûr... Et puis que veut-il faire avec son transept ?... Décidément je vais finir par croire M. Coupepapier. (D'un ton solennel.) Cui, cui, cui, cui, comme il dit...

ANASTASE

Je ne peux rien vous dire... Quant à Monsieur, il vient de me passer entre les mains.

CHASSEPOULE

Vous lui direz que je n'y comprends plus rien, n'est-ce-pas ?... (Il sort.)

ANASTASE

Quand je pense que ça fait la troisième commission ! Il est tellement pressé qu'il va me brouiller toutes mes idées, je ne vas plus savoir par où commencer...

SCÈNE XV

Anastase, Monsieur d'Espingoles.

M. D'ESPINGOLES

M. Boffinet, s'il vous plait.

ANASTASE

Monsieur, si vous voulez me dire où il est, je vous le dirai après... Il est arrivé du feu, puis il est reparti comme une balle.

M. D'ESPINGOLES

Pas d'insolence !... Mais cela ne m'étonne pas : tel maître, tel valet.

ANASTASE

Bon !... qu'a-t-il encore fait mon pauvre maître ?

M. D'ESPINGOLES

Peut-on être assez effronté pour venir me réclamer le loyer de mes prés... comme si mes prés n'étaient pas à moi !...

ANASTASE

Dame ! Monsieur, je n'y puis rien.

M. D'ESPINGOLES

Et encore dans des termes que mes palefreniers n'emploieraient pas...

ANASTASE

Pauvre M. Boffinet !

M. D'ESPINGOLES

Non... jamais un d'Espingoles n'avait reçu une

lettre comme celle-là, et si M. Boffinet avait ses quartiers de noblesse au soleil, ce serait une injure qui ne se laverait que dans le sang.

ANASTASE

Monsieur... il n'a que des quartiers de pommes au soleil... sur le toit.

M. D'ESPINGOLES

Je n'en reviens pas... (Il lit.) Mon cher bonhomme. — Un d'Espingoles! — Vous n'êtes qu'un vieux pingre... et qu'un vieux ladre !... Quand paierez-vous donc enfin ce que vous devez à la commune pour les prés ? (S'interrompant.) C'est un vrai communard !... Il veut me prendre mes prés ! — Si vous ne payez pas tout de suite, je vous fais mettre en prison... vous n'êtes bon que là. (Pliant la lettre.) Et il n'est pas là, ce malotru ? Domestique, tu diras de ma part à ton maître, qu'il n'est qu'une grosse bête... et que je saurai bien le retrouver. (Il sort.)

ANASTASE

Allons ! bon encore une commission. Heureusement qu'elles ne sont pas toutes comme celle-là...

SCÈNE XVI

Champignon, Anastase.

CHAMPIGNON

Ah ! ça, mon gas Anastase, quelle herbe donc ton maître a-t-il mangé ce matin ?...

ANASTASE

Père Champignon, respectez donc monsieur Boffinet ; sachez qu'il ne mange jamais d'herbe, et c'est rare quand il mange de la verdure...

CHAMPIGNON

C'est qu'il m'a écrit une lettre que j'y vois tout juste du noir et du blanc.

ANASTASE

Décidément les lettres de monsieur Boffinet n'ont pas de chance.

CHAMPIGNON

Dame... Regarde-moi ! Encore ça, il me tutoie... Je ne nous croyais pas si camarades. (Lisant.) Plante des piquets... le long de l'église... pas trop loin les uns des autres ; tu demanderas les cordes à lessive à monsieur Saugrenu. Je te dirai le reste après Ah ! ça, franchement !... pense-t-il, que je n'avais ni piquets... ni cordes pour étendre ma lessive ?... Et que j'allais traverser tout le long du bourg pour venir la faire sécher le long de l'église à l'abri du soleil ?

ANASTASE

Les adresses étaient pourtant bien dessus ! (Haut). Vrai, je n'y comprends plus rien.

CHAMPIGNON

Et moi donc !... Tu diras comme ça à monsieur

Boffinet que je n'ai point le temps de piquer les piquets le long de l'église et que s'il me veut quelque chose, qu'il me le dise à moi-même, parlant à ma personne... Tu entends ? (Il sort.)

ANASTASE

Cinq commissions ! ! ! Grand Dieu qu'est-ce que je vais devenir !... Si encore je savais écrire, je les mettrais en ordre... mais je n'ai jamais pu faire que des a... et encore avec de la peine. (On entend du bruit.) Ah ! mon doux Sauveur !... quel vacarme dans notre escalier... c'est-y les pompiers qui viennent pour boire un coup... et qui vont tout me salir ?... (A la cantonade.) Revenez demain... Monsieur n'est point là... et puis ça m'ennuie à la fin... Je ne veux plus faire de commissions !...

SCÈNE XVII

Anastase, Boffinet, le sous-préfet.

LE SOUS-PRÉFET

Ah ! monsieur Boffinet... je n'aurais jamais cru cela de vous.

BOFFINET (consterné).

Mais... Monsieur, je ne savais pas.

ANASTASE (à Boffinet).

Monsieur, Monsieur, que je commence toutes mes commissions. C'est pas une petite affaire !

LE SOUS-PRÉFET (à Anastase).

Tout à l'heure... mon ami.

ANASTASE

Que venez-vous me chanter ? Je ne suis point votre ami... et je suis encore moins à votre service !... (A Boffinet.) Monsieur, vous êtes...

BOFFINET

Dieu ! que tu es ennuyeux.

ANASTASE (très vite).

Monsieur... vous êtes une grosse bête.

BOFFINET

C'est trop fort... par exemple. (Il le met à la porte.)

ANASTASE (se sauvant).

Faites donc les commissions ! et dire que j'en ai encore quatre à faire !...

SCÈNE XVIII

Le Sous-Préfet, Boffinet.

LE SOUS-PRÉFET

Monsieur Boffinet, je vous quitte... Je vais aller trouver le maitre d'école, qui vient de m'assurer

4

que vous aviez été prévenu par votre domestique
du changement du jour du conseil de révision...

BOFFINET

Mais... Monsieur, je vous assure...

LE SOUS-PRÉFET

Taisez-vous... Monsieur... je sais ce que j'ai à
faire.

BOFFINET

Permettez... du moins... que je vous accompa-
gne.

LE SOUS-PRÉFET

Restez ici... J'irai seul, mais vous me répondrez
de la demi-journée que vous me faites perdre...
car désormais le conseil de révision doit être remis à demain. (Regardant sa montre.) Il est bientôt 4 heures.

BOFFINET (à part).

Ah... Mon train !... ma pauvre sœur !

LE SOUS-PRÉFET

Adieu, Monsieur. (Il sort).

BOFFINET

Monsieur le sous-préfet, croyez bien que je suis
votre (Revenant sur la scène). Oh ! l'imbécile d'Anastase !

SCÈNE XIX

Boffinet. Anastase.

ANASTASE

Mais, Monsieur ... ce n'est pas moi qui suis une grosse bête!... c'est vous. C'est Monsieur d'Espingoles qui m'a dit de vous le dire!...

BOFFINET

Sot personnage!... Huître!... Cruche!... Busel... que je ne t'entende pas.

ANASTASE

Eh bien!... et toutes mes commissions.

BOFFINET

Pour ce qu'elles sont belles... je t'en dispense... Voyons...puisque tu parles de commissions, pourquoi ne m'as-tu pas dit, que le maître d'école t'avait prévenu du changement du jour de révision?

ANASTASE

Dame! Monsieur... vous ne m'aviez pas donné le temps... Vous partiez au feu !

BOFFINET

Si tu disais moins de paroles... aussi !

ANASTASE

Ne faut-il pas que j'en dise pour vous faire mes commissions ?

BOFFINET

Enfin.... animal !... Tu es cause que me voilà en affaire avec le sous-préfet.

ANASTASE

Ah! Monsieur... Monsieur, je tiens une commission.

BOFFINET

Presse-toi.

ANASTASE

Il y a le père Champignon...qui m'a dit de vous dire qu'il n'avait point de lessive à étendre le long de l'église.

BOFFINET

Ah ! l'insolent père Champignon. Je ne lui ai jamais parlé de ça!.......

ANASTASE

Et puis !... et puis !... Monsieur, il y a le père Chassepoule... qui n'a rien... rien du tout compris à votre lettre !...

BOFFINET

Il est décidément plus bête que les animaux du comice agricole.

ANASTASE

Et puis!... et puis!... Je crois que c'est tout.

BOFFINET

Tu es tout fou... Tu es capable d'avoir fait quelque bêtise... de t'être trompé de lettre.

ANASTASE

Je vous assure que je les ai bien remises à leur adresse.

BOFFINET

Et ma pauvre sœur!... Encore un train de manqué.

ANASTASE

Ah! Monsieur, voilà la grosse affaire!... J'allais oublier cela, voyez-vous avec vos empressements.

BOFFINET

Mais!... Quoi ?

ANASTASE

C'est à propos de M. Francastel!... Je l'avais toujours pensé que ça devait finir comme ça.

BOFFINET

Ma pauvre sœur!.....

ANASTASE

Mais non, Monsieur... C'est votre neveu qui...
(On sonne en bas.)

BOFFINET

Va vite : c'est le sous-préfet.

ANASTASE (se retournant).

Monsieur, c'est votre neveu qui...

BOFFINET (le poussant).

Mais va donc vite. (Anastase sort.)

SCÈNE XX

Boffinet. Anastase (revenant avec un énorme pli).

ANASTASE

Monsieur... Qu'est-ce encore que cela ?... Ça ne
me dit rien qui vaille.....

BOFFINET

Donne toujours... Est-ce que tu t'y connais?...
(A part.) Il a peut-être raison. J'ai si peu de chance !

ANASTASE

Monsieur.... Voilà une manière de pièce de cent sous... qui pendille au bas.

BOFFINET

Si c'était une médaille. (Il rompt et lit.) Société Astronomique.

Monsieur,

Nous attendions pour la réunion d'hier soir le rapport sur la 9ᵐᵉ tache de la lune, rapport que vous deviez déposer à 3 h. au local de nos séances. Ce rapport ne nous étant pas parvenu, pas plus que des excuses de votre part, et la séance n'ayant pu avoir lieu pour ce motif, nous avons le regret de vous apprendre qu'un membre est nommé pour faire ce rapport... Agréez, Monsieur etc...

BOFFINET (consterné).

La 9ᵐᵉ tache de la lune... mon rapport... ma démission !... mon remplacement... ma pauvre sœur.

ANASTASE (à part).

Il perd la tête !.....

BOFFINET

Non... je n'ai pas la chance !... Remplacé à la société astronomique ! Tout ça, parce que ma lunette... ma belle lunette a dégringolé sur la serre à Coupepapier.

ANASTASE

Ah! Monsieur, faites donc pas si laid, ça me fait je ne sais pas quoi.

BOFFINET

Et le sous-préfet qui me prend à la gare... où j'étais depuis 3 h. moins 1/4 pour ne pas manquer le train de 4 h. Et qui me fait une scène dans la salle des bagages.

ANASTASE

Voilà ce que c'est que d'être si pressé !...

BOFFINET

Ma pauvre sœur !...

ANASTASE

Ah! oui... vous faites bien de m'y faire penser c'est seulement vrai... J'allais encore l'oublier. Je vous disais donc que votre neveu était...

BOFFINET

Était quoi ?..

ANASTASE

Attendez donc !... Voilà toujours comment vous êtes. Ah! grand Dieu! que c'est-y que tout ce monde?
(On entend du bruit et des voix).

BOFFINET

Encore quelque nouveau malheur !

SCÈNE XXII

Les mêmes, Le Sous-Préfet, Coupepapier, Chassepoule,
M. d'Espingole, Champignon, M. Rupétaud.

LE SOUS-PRÉFET

Monsieur Boffinet, j'arrive de chez Monsieur
l'instituteur, qui m'a dit formellement qu'il était
venu lui-même pour vous prévenir... et que ne
vous ayant pas trouvé... il avait chargé votre
domestique de vous faire la commission...

BOFFINET

Mais, Monsieur... cet imbécile d'Anastase avait
oublié... Puis... Je courais au feu... Et vous comprenez...

LE SOUS-PRÉFET

Je comprends, Monsieur, que j'ai fait un
voyage inutile, et qu'on doit être à son poste,
lorsqu'on l'a accepté.

BOFFINET

Mais... en ma qualité de capitaine des pompiers... mon poste était au feu,.. et j'y étais...
Monsieur le sous-préfet.

LE SOUS-PRÉFET

Pas de subtilités... Il paraît d'ailleurs que vos postes sont nombreux et que vous ne pouvez y suffire. Depuis mon arrivée, j'entends maugréer contre Monsieur Boffinet...

ANASTASE

Pas plus que moi... Monsieur, et puis vous n'avez point de commission à lui faire... vous. (A part.) Les ai-je au moins toutes faites?

BOFFINET

M. le sous-préfet... je n'ai jamais eu de chance... J'ai beau tout faire pour le mieux, tout tourne contre moi.

M. D'ESPINGOLES

C'est pour cela que vous m'écrivez la lettre la plus impertinente.

BOFFINET

Mais, Monsieur, vous faites erreur.

M. D'ESPINGOLES

Vous allez le nier maintenant, n'est-ce pas?

BOFFINET

Je vous assure...

CHAMPIGNON

Et moi donc !... de quel droit venez-vous m'indiquer l'endroit où je dois aller étendre ma lessive ?

M. D'ESPINGOLES

De quel droit venez-vous me demander le loyer des prés dont je suis propriétaire?

BOFFINET

Mais enfin...

CHAMPIGNON

Et encore... il me dit d'aller emprunter les cordes à Monsieur Saugrenu... comme si je n'en avais pas à moi !

BOFFINET

Je vous promets...

M. D'ESPINGOLES

Et pour comble d'insolence il me traite en toutes lettres de vieux pingre, de vieux ladre... Le misérable! (Il lui montre le poing.)

BOFFINET

C'est à n'y pas croire, je vous jure.

CHAMPIGNON

Monsieur Boffinet, je n'aurais jamais pensé ça de vous.

BOFFINET

M. le sous-préfet, je vous en prie, écoutez-moi... je tâcherai de me défendre...

CHASSEPOULE

Qui m'a donné d'un commissaire du comice agricole... qui n'est pas capable de m'expliquer comment piquer mes piquets?...

BOFFINET

Mais... que diable !...

CHASSEPOULE

Qui me mécanise... qui me bouscule... qui se sauve en me criant : Les vaches... à droite... les bœufs... à gauche... les chevaux en dessus...

BOFFINET

Monsieur le sous-préfet...

CHASSEPOULE

Et qui m'écrit pour me dire que je puis arranger les chaises comme je voudrai...

BOFFINET

Ah ! grand Dieu...

CHASSEPOULE

Et qui a l'audace d'ajouter... que j'sais son sentiment à ce sujet... quand jamais de sa vie ni de mes jours... il ne m'en a dit un mot.

BOFFINET

Monsieur le sous-préfet.....

COUPEPAPIER

Mais... Monsieur... vous ne voyez pas encore au fond de cet abime ténébreux. M. Boffinet a fait pis que tout cela.

LE SOUS-PRÉFET

Encore ?

COUPEPAPIER

Oui... Monsieur... M. Boffinet que vous voyez-là avec sa figure candide et son sourire innocent... est peut-être un des plus grands criminels... dont l'histoire ait jamais enregistré les noms

BOFFINET

Ah !...

COUPEPAPIER

Croyez-vous, Monsieur, que sous prétexte d'études astronomiques, il a installé sur son toit... un engin horrible... effrayant... et qu'il l'a lancé, l'autre nuit, sur mon habitation... dans un but criminel ?...

BOFFINET

Je proteste de mon innocence...

COUPEPAPIER

Voilà les preuves. (Il tire des morceax de ferraille,) Boffinet... reconnaissez-vous ceci?

BOFFINET

C'est le trépied de mon instrument!

COUPEPAPIER

Hypocrite ! C'est l'affût de sa bombe Orsini! Ce sont les biscayens qu'elle a lancés. D'ailleurs, Monsieur, la justice informe... l'enquête se poursuit.

BOFFINET(se laisse tomber sur une chaise).

Ah! je n'en puis plus!

ANASTASE

C'est pas étonnant !... Un homme qui n'a pas déjeuné !... qui a couru au feu avec sa valise, son parapluie, son pardessus... tout ça, pour ne pas manquer le train de 4 heures... Et puis aussi... vous lui en dites.

M. RÉPETAUD (entrant).

M. le sous-préfet, justice !...

LE SOUS-PRÉFET

Qu'y a-t-il encore !

COUPEPAPIER

Quel forfait a-t-on commis !

CHASSEPOULE

Y a-t-il un procès-verbal à faire, je m'en charge.
(En touchant Boffinet.)Les procès verbal ça me connaît.

RÉPÉTAUD

Vous savez que tantôt le feu a pris à la Merdachère?.. Nous en ignorons encore la cause. Mais
imaginez-vous que ce scélérat de M. Boffinet qui
avait l'air d'un enragé... s'arme d'un visoir et se met
à lancer un jet formidable par la fenêtre du grenier.
Le pauvre fermier...qui était à voir si le feu ne ga-
gnait pas son grenier, voulut descendre pour ras-
surer tout le monde. Il paraît à la fenêtre pour
prendre l'échelle . Mais M. Boffinet est là comme
un démon... faisant marcher son visoir avec fureur.
Le fermier lui crie d'arrêter : il n'entend rien... Il
vise toujours, il lance l'eau à flots... Pompez, pompez plus fort, commande-t-il. Et le pauvre malheureux est là, tremblant sur son barreau d'échelle ne
pouvant bouger...ruisselant d'eau... grelottant tant
et si bien... que le pauvre malheureux est à l'heure
qu'il est, au lit avec une épouvantable fluxion de
poitrine.

TOUT LE MONDE

Ah !...

BOFFINET

Ah!... Anastase !

LE SOUS-PRÉFET

M. Boffinet, nous prenons note de toutes ces déclarations...que nous sommes forcés de reconnaître comme très légitimes. Nous verrons ce que nous aurons à faire. À vous, Monsieur, si vous le pouvez, de vous disculper le plus tôt possible. (Il sort avec tout le monde.)

COUPEPAPIER

(A Boffinet.)Adieu, ta gloire expire et ton règne est passé.

CHASSEPOULE

Cui, cui, cui, cui. (à part) J'aurai mon bureau de tabac. (Tout le monde sort.)

SCÈNE XXIII

Anastase

ANASTASE

On peut dire que c'était pas la peine de faire les commissions... puisque les gens sont venus eux-mêmes.

BOFFINET

(Aigri.) Le train manqué... Ma démission... Au feu... Le comice agricole... Le père Champignon!.. Monsieur le Sous-Préfet... Ma pauvre sœur...

ANASTASE

Ah ! Monsieur... à propos de votre sœur... (Boffinet s'évanouit.)

La toile baisse

FIN DU DEUXIÈME ACTE

ACTE III

SCÈNE Ire

Francastel, Anastase.

ANASTASE

Monsieur... vous manquiez hier soir... Ils en ont fait un sabbat à ce pauvre M. Boffinet.

FRANCASTEL

Que lui a-t-on donc fait à ce cher oncle?

ANASTASE

Est-ce que je sais... moi!... Ils étaient là... une bande sur son dos... comme des lumas sur une feuille de chou. Ils le traitaient d'assassin... de criminel... de justice informée... et un tas d'autres belles affaires comme ça...

FRANCASTEL

C'est horrible... Mon oncle Boffinet est la bonté même, il ne ferait pas de mal à une puce... Peut-on être assez méchant pour le traiter ainsi.

ANASTASE

Vous avez bien raison.

FRANCASTEL

Mais de tous ces gens-là... quels étaient le plus acharnés après mon pauvre oncle?

ANASTASE

C'est sans contredit... M. Coupepapier, notre juge de paix.

FRANCASTEL

... Qu'est-ce que M. Boffinet a pu jamais lui faire?

ANASTASE

C'est ce que je vais vous dire : M. Coupepapier en a toujours voulu à mon maître... parce que M. Boffinet... voyez-vous... il est de tout... tandis que M. Coupepapier... tout lui passe sous le nez... et il paraît que cela ne lui est point agréable.

FRANCASTEL

Ah ! nous finissons par voir clair en cette affaire.

ANASTASE

Et toutes les fois que M. Coupepapier pouvait faire de l'opposition à M. Boffinet, il n'y manquait jamais jusqu'à la grand'messe... le dimanche. Vous savez que mon maître est serpent au lutrin. Croiriez-vous que M. Coupepapier, qui a une voix comme un bœuf, chantait toujours une demi-lieue en avant pour le faire tromper...

FRANCASTEL

C'est incroyable !

ANASTASE

Si je voulais, j'aurais cinquante histoires pareilles
à vous raconter... Mais le malheur a fâcheu-
sement voulu, que la belle lunette avec quoi
M. Boffinet regarde dans la lune, il aime ça... ça
ne fait de mal à personne... que cette lunette donc
qui est installée sur le toit... dégringolât l'autre
nuit sur la serre à M. Coupepapier... en brisant
ses carreaux, ses camélias, en lui tuant une poule...
est-ce que je sais encore ?...

FRANCASTEL

Pauvre oncle !

ANASTASE

Et M. Coupepapier accuse M. Boffinet de l'avoir
bombardé... et d'avoir voulu l'assassiner avec sa
lunette... voyez-vous ça ?

FRANCASTEL

Est-ce méchant !

ANASTASE

Puis... il y a M. d'Espingoles, qui l'accuse de
lui avoir dit des sottises.

FRANCASTEL

Mon oncle, qui n'en dirait pas à un enfant de
deux mois !...

ANASTASE

Puis... le père Champignon qui lui en veut...
parce que Monsieur lui a dit... à ce qu'il paraît...
d'étendre sa lessive le long de l'église... Et puis...
Chassepoule qui voudrait que Monsieur irait
piquer ses piquets avec lui...

FRANCASTEL

Ils sont fous.

ANASTASE

Et puis M. Rupétaud, le régisseur à M. d'Espingoles, qui accuse Monsieur d'avoir donné une
fluxion de poitrine avec son visoir... au fermier
de la Merdachère.

FRANCASTEL

Pauvre oncle ! Nous tâcherons de débrouiller
tout cela.

ANASTASE

Et pour comble de malheur... au milieu de
tout ce vacarme... je n'ai pas eu le temps de lui
faire votre commission.

FRANCASTEL

Il a pourtant assez de peine par ailleurs. Il faut
le prévenir au plus vite.

ANASTASE

Le voilà... justement... A-t-il l'air fatigué ; c'est
pas que ce soit étonnant.

SCÈNE II

Les mêmes, Boffinet (en tenue de chambre marchant
péniblement et parlant très lentement.)

ANASTASE

Ah ! Monsieur... du coup... voilà votre neveu
qui vient pour vous dire.....

BOFFINET

Mon neveu ! toi... ici, cher enfant, tu viens
mêler tes larmes aux miennes, puisque je n'ai pas
pu aller mêler les miennes aux tiennes. J'ai manqué tous les trains. Ma pauvre sœur, ma pauvre
sœur !...

FRANCASTEL

Mais... mon oncle... ma mère est toute guérie,
Dieu merci !...

BOFFINET

Ah ! tant mieux.

FRANCASTEL

J'étais venu tantôt pour vous annoncer cette

heureuse nouvelle... mais vous étiez au feu, et j'avais chargé Anastase...

BOFFINET

O l'imbécile d'Anastase ! il s'est bien gardé de me le dire.

ANASTASE

Dame ! Monsieur... il n'y a jamais moyen de vous faire les commissions.

BOFFINET

Tu as bien trouvé moyen de me dire que j'étais une grosse bête, de la part de M. d'Espingoles.

ANASTASE

Ah ! ça c'était pas difficile à dire.

BOFFINET

Et tu es cause de tous mes malheurs ; oh non... je n'ai pas de chance.

FRANCASTEL

Voyons... mon cher oncle... reprenez courage, tout s'arrangera... Je vous le promets...

BOFFINET (désespéré.)

Ah ! mon pauvre ami... M. le sous-préfet m'a destitué, je ne suis plus adjoint.

ANASTASE

Ah !...

BOFFINET

La société astronomique m'a donné un remplaçant.

ANASTASE

Ah !...

BOFFINET

M. le curé m'a donné ma démission de marguillier... à cause de M. d'Espingoles.

ANASTASE

Ah !...

BOFFINET

Le président du Comice, vient de me dire que n'ayant pu faire piquer les piquets à Chassepoule... je n'aurais plus à m'occuper du Comice.

ANASTASE

En avez-vous encore bien long à dire comme ça, Monsieur ?...

BOFFINET

Obligé de remettre mon casque et mo n épée

pour avoir donné une fluxion de poitrine sans y penser... bien sûr... au fermier de M. d'Espingoles.

ANASTASE

Pauvre Monsieur !...

BOFFINET

Et puis !... Ah ! je n'en puis plus ! M. Coupepapier m'accuse d'avoir attenté à ses jours... et veut me traîner devant les tribunaux !... moi Pancréas-Florimond Boffinet... l'innocence faite homme... Ah !

FRANCASTEL

Mon cher oncle, ne vous tourmentez pas... Ne suis-je pas avocat ?... et je serai trop heureux de vous défendre et de dévoiler les projets perfides de Coupepapier.

BOFFINET

Mais.... je ne serai plus rien... qu'un fumiste retiré des affaires... Ma carrière scientifique est brisée !... ma carrière politique est anéantie !... ma carrière sociale est effondrée !...

ANASTASE

Mais non, Monsieur... il y a rien d'effondré chez nous... C'est chez M. Coupepapier... Oh ! que je vous montre... J'ai trouvé tantôt, dans la serre à M. Coupepapier, une superbe bonbonnière !... Que j'aille vous la chercher... (Il sort.)

FRANCASTEL

Je devine là-dessous une méchanceté noire...
mais ayez confiance... Les coupables seront
reconnus... Je m'en vais écrire au parquet.

BOFFINET

Oui... mais ne fais pas comme moi, ne te
trompe pas d'enveloppe... Imagine-toi que tantôt
j'écrivais à Chassepoule, au père Champignon, à
M. d'Espingoles, pour des affaires bien diffé-
rentes... tu peux me croire... Mon malheureux
sort... n'a-t-il pas voulu que je me trompe d'enveloppe, et que les lettres n'arrivent point à celui
à qui elles étaient destinées... Et ç'a encore été
la cause de mes malheurs.

ANASTASE (rentrant avec sa lunette).

Tenez... Monsieur, vous croyez que ça n'est pas
beau !...

BOFFINET

Ma lunette !... ma lunette !... que dis-je, un
tronçon de ma lunette!...

ANASTASE

Et M. Coupepapier, qui dit que vous l'avez
bombardé!

BOFFINET

Avec une bombe Orsini...

FRANCASTEL

Voilà la preuve du contraire. Allez vous reposer, mon oncle ; vous en avez besoin, je vais m'occuper de tout cela.

BOFFINET

Et comme cela... tu me dis que ta mère est bien rétablie... la pauvre femme.

ANASTASE

Je savais bien que ça ne pouvait être autrement... un si furieux tempérament. Allons... Monsieur, que je vous emmène...(Ils sortent tous deux.)

SCÈNE III

FRANCASTEL

C'est odieux d'abuser de la bonté d'un homme à ce point-là !... Je m'en vais... de ce pas, demander des explications à M. Coupepapier, c'est le plus pressé !... Décidément la jalousie est un terrible défaut... Ensuite j'irai chez M. d'Espingoles, lui expliquer le malentendu dont il a été victime. Oh ! mais... on frappe ! Entrez.

SCÈNE IV

Francastel, Coupepapier, Chassepoule.

CHASSEPOULE

Place à la justice!

FRANCASTEL(d'un ton sec.)

Bonhomme... que venez-vous faire ici ?

CHASSEPOULE

Bonhomme ?... bonhomme ?... Je suis le garde-champêtre... pour l'instant délégué à la justice de paix.

FRANCASTEL.

Qu'est-ce que cela me fait à moi ?

CHASSEPOULE (à Coupepapier.)

Ah bien !... nous voilà mieux.

COUPEPAPIER (à Chassepoule.)

Monsieur l'officier civil, faites votre devoir.

FRANCASTEL

Ah! ça, cette comédie va-t-elle bientôt cesser, Messieurs ?...

COUPEPAPIER (d'un ton doucereux·)

Monsieur, je souhaiterais pour M. Boffinet, que ce fût une comédie. Malheureusement c'est beaucoup plus sérieux; M. Boffinet s'est rendu coupable d'un crime prévu par l'article 57 du Code pénal.

FRANCASTEL

Et en quoi... cela vous regarde-t-il, s'il vous plaît... Monsieur ?...

COUPEPAPIER

J'ai déjà eu, je crois, Monsieur, l'honneur de vous dire que j'étais le suprême représentant de la justice dans cette commune.

FRANCASTEL

Messieurs... je m'incline.

COUPEPAPIER

Nous venons notifier à M. Boffinet, l'acte d'accusation... qui sera expédié ce soir au parquet.....

CHASSEPOULE

Et je dois faire cette communication à lui-même... parlant à sa personnalité...

FRANCASTEL

Messieurs... j'ai le regret de vous dire, qu'il vous est impossible de voir M. Boffinet en ce moment. Les émotions auxquelles il a été en proie hier, l'ont beaucoup fatigué. Il est alité.

COUPEPAPIER

Mais... il me semble que M. Boffinet pourrait bien pour une aussi grosse affaire...

FRANCASTEL

Monsieur, il y a moyen d'arranger cela. Vous
M. le garde-champêtre délégué à la justice de
paix... daignez me lire... l'acte d'accusation...
que je notifierai de point en point à M. Boffinet.
Je vous le promets...

CHASSEPOULE (à Coupepapier.)

Faut-il, M. le juge ?

COUPEPAPIER

Ce n'est pas tout-à-fait dans les règles...

FRANCASTEL

Il y a empêchement légitime.

COUPEPAPIER

Allons... Chassepoule, faites votre devoir.

CHASSEPOULE (prenant ses lunettes et lisant.)

D'abord, je vais vous donner le signalement du
prévenu, à seule fin que vous le reconnaissiez.
(Lisant comme à l'acte u.) Reconnaissez-vous M. Boffinet ?

FRANCASTEL

C'est impossible de se tromper, c'est d'une
exactitude et d'une précision étonnantes.

COUPEPAPIER

L'acte d'accusation... maintenant.

[Comme à l'acte IIe.]

FRANCASTEL

Monsieur le juge, voulez-vous me permettre de vous adresser une simple question ?...

COUPEPAPIER

Faites.

FRANCASTEL

Quelles preuves apportez-vous pour soutenir une accusation... aussi grosse ?

COUPEPAPIER

Et les morceaux de l'affût de l'engin !... Et les éclats de biscaïens !...

FRANCASTEL

Vous les avez... Monsieur ?...

COUPEPAPIER

Certainement.

FRANCASTEL

Et vous êtes bien sûr que ce sont des morceaux d'affûts et des éclats de biscaïens ?

CHASSEPOULE

Je connais ça moi... Monsieur ?...

FRANCASTEL

Eh bien ! M. le juge... je suis heureux de voi
jusqu'où va votre sottise... ou votre méchanceté...

COUPEPAPIER

Monsieur, vous avez insulté la magistrature.

FRANCASTEL

Et moi j'ai des preuves plus sérieuses que les
vôtres... Rira bien qui rira le dernier... M. Coupepapier.

COUPEPAPIER

Monsieur, vous avez l'air d'un sot achevé..

FRANCASTEL

A votre tour... n'insultez pas la magistrature...
Apprenez, Monsieur le beau parleur, que je suis
substitut du procureur, et quand votre affaire
viendra au parquet... je m'en occuperai, soyez
tranquille. (Il sort.)

SCÈNE V

Coupepapier, Chassepoule.

Coupepapier fait quelques pas en silence.

CHASSEPOULE

Eh bien !... M. le juge... qu'avez-vous donc?...

comme ça ?... Il nous a parlé du substitut du procureur... Que ça peut-y nous faire... à nous ?...

COUPEPAPIER (d'un ton lugubre.)

Qu'ai-je fait, malheureux !....

CHASSEPOULE

Mais qu'avez-vous ? Vous avez l'air d'un renard
pris au piège, ou d'un braconnier à qui j'aurais
dressé procès-verbal...

COUPEPAPIER

Ce jeune homme est un magistrat... Il va faire
manquer tous mes projets... Je suis perdu.

CHASSEPOULE

Et moi... M. le Juge... ? je suis t'y aussi
perdu ?

SCÈNE VI

Les mêmes, Anastase.

ANASTASE

Tiens, vous voilà donc là... vous autres ?... Par
exemple !... en voilà d'une belle ! Depuis quand
donc notre maison est-elle devenue la justice de
paix ?

6

COUPEPAPIER

Mon bon Anastase, comment va donc cet excellent M. Boffinet ?

ANASTASE (étonné.)

Cet excellent M. Boffinet ? (A part.) Dort-il ?

COUPEPAPIER

Oui... est-il un peu remis de ses émotions ?... Vraiment M. d'Espingoles a été d'une insolence... sans pareille... et le père Rupétaud, ce vieux fou...

ANASTASE

Et vous ?... et vous ?

COUPEPAPIER

Jusqu'à cet imbécile de Chassepoule... qui s'était mêlé de crier contre M. Boffinet.

CHASSEPOULE

Bien !... Et vous, M. le juge, croyez-vous que vous ne disiez rien ?...

ANASTASE

Oui... que vous avez dit comme ça que M. Boffinet... il vous avait bombardé.

COUPEPAPIER

C'était un moyen oratoire pour le défendre.

ANASTASE

Un joli moyen, parlons-en.

CHASSEPOULE

En sainte vérité... M. le Juge, c'est comme si vous me jetiez des pierres, pour empêcher les autres de me donner des coups de trique.

ANASTASE

En ce cas-là... je vas bien vite aller conter ça à Monsieur, mais il dort...

COUPEPAPIER

Dis-lui que je prends bien part à la peine qu'il a éprouvée hier soir...

ANASTASE

Je n'y manquerai pas. (Il sort.)

SCÈNE VII

Coupepapier. Chassepoule.

CHASSEPOULE

Ah! ça, M. le Juge, vous allez tout nous mettre sur le dos... et puis vous qui avez tout arrangé... vous tirez vos épingles du jeu. Ah! non.

COUPEPAPIER

Silence... insolent!... Tu parles à ton supérieur.

CHASSEPOULE

Allons ! mal va, je m'en retourne chez moi. Je ne reste pas avec vous... il n'y fait plus bon... du train... où vous allez. (Il sort.)

SCÈNE VIII

COUPEPAPIER

Je suis perdu... Je n'ai plus qu'une ressource. Allons trouver M. le sous-préfet... et à force d'éloquence... tâchons de raccommoder nos affaires. Vite, voilà Anatase. (Il sort.)

SCÈNE IX

ANASTASE

M. le Juge... M. Boffinet que j'ai réveillé pour lui dire la bonne affaire que vous m'aviez contée, il m'a dit de vous dire... Tiens il n'est plus là ? c'est fâcheux ! J'aurais été bien content de lui faire une commission à lui. Nous en a-t-il fait des mensonges et des histoires. Il ferait couper le cou... à un homme comme à un canard...

SCÈNE X

Anastase. Francastel

FRANCASTEL

M. Coupepapier... vous ne m'échapperez pas...

ANASTASE

En ce cas là, Monsieur, courez après, parce que voilà déjà un bout de temps qu'il est parti.

FRANCASTEL

Oh ! je le retrouverai bien ; sois tranquille. Je viens d'apprendre une histoire qui va lui coûter quelque chose.

ANASTASE

Bah !

FRANCASTEL

En sortant d'ici, j'ai rencontré deux braves garçons qui n'ont pas l'air bien si spirituel, soit dit entre nous, et qui m'ont raconté une curieuse affaire.

ANASTASE

Vraiment !

FRANCASTEL

Il paraît que ces braves gens voulaient être chantres à la paroisse pour remplacer les deux vieux rustres qui ornent votre lutrin. Ils avaient voulu s'adresser pour cela à M. Boffinet.

ANASTASE

Naturellement, il en est.

FRANCASTEL

Mais ce bon M. Coupapier les en a détournés en leur disant que mon oncle était méprisé, qu'il ne pouvait rien pour eux, et que lui qui ne met jamais les pieds à l'église que les jours de grande fête et encore pour faire tromper mon oncle, se chargerait de tout, et qu'il leur ferait avoir leurs places.

ANASTASE

Ah ! quel grand gas menteux !

FRANCASTEL

A une condition, c'est qu'aux prochaines élections ils voteraient contre mon oncle.

ANASTASE

Je vous ai dit qu'il bisquait de n'être de rien du tout !...

FRANCASTEL

Tout cela est bon à savoir, mais voilà mon oncle.

SCÈNE XI

Les mêmes. Boffinet

BOFFINET

Ah ! mes pauvres amis... quel curieux rêve je viens de faire !

ANASTASE

Vous avez donc dormi un petit peu ?... Monsieur.

BOFFINET

Oui... je me suis endormi.... comme tu fermais ma porte.

FRANCASTEL

Serait-ce indiscret, cher oncle, de vous demander ce qui a fait le sujet de votre rêve ?

BOFFINET

Au contraire, mon ami... je grille de vous le raconter, mais... mais je ne sais pas par où commencer....

ANASTASE

Çà doit pourtant avoir un commencement...
Monsieur.

FRANCASTEL

Allons... Anastase... tais-toi, écoutons mon oncle...

BOFFINET

Or donc, je venais de fermer mes paupières,
lorsque je me suis transporté dans le chœur de
Fouilly-les-Oies. L'église était tendue de noir,
un catafalque phénoménal était dressé au milieu
de l'église. Et je vous parie quatre sous que vous
ne devinez pas.

ANASTASE

Devinez pas quoi ?

FRANCASTEL

Mon oncle, tous tant que nous sommes, nous
pouvons être enterrés !

BOFFINET

C'était M. Coupepapier, le juge de paix.

ANASTASE

Ah ! la bonne affaire ! Si c'était seulement vrai !

BOFFINET

Qu'on portait à sa dernière justice de paix, le
sous-préfet chantait au lutrin comme un per-om-
nia avec le gars Lapincheux et le gros Madru ;
M. d'Espingoles sonnait les cloches à toute volée ;
le père Champignon avait fait tomber tous les cier-
ges en passant trop près du catafalque. Chose sin-
gulière, personne ne pleurait !

ANASTASE

C'est pas étonnant !

BOFFINET

Et au moment où M. le sous-préfet de sa plus
belle voix entonnait *Dum veneris*... je ne sais
par quel hasard mon serpent n'a jamais voulu
entonner autre chose que le *Te Deum*. J'avais
beau remuer les doigts ; inutile. J'ai voulu souf-

fler plus fort, ça n'en allait que mieux ; enfin j'ai tellement soufflé que mon serpent a crevé par le milieu. C'est là... ce qui m'a réveillé...

ANASTASE

Monsieur, vous n'avez en vérité pas de chance, même en rêves...

FRANCASTEL

Mon cher oncle, il pourrait bien y avoir du vrai dans votre rêve.

BOFFINET

Tu crois, mon cher neveu ?

ANASTASE

Il y a de vrai, que Monsieur n'a jamais eu de chance.

FRANCASTEL

Et bien ! mon cher oncle, attendez-moi quelques instants. Je m'en vais tâcher de vous prouver que votre rêve n'est pas un pur mensonge.

SCÈNE XII

Boffinet. Anastase

BOFFINET

Mon pauvre Anastase, tu n'auras plus longtemps ton vieux maître à soigner.

ANASTASE

Est-ce que Monsieur voudrait me renvoyer ? Ce ne serait pas bien!

BOFFINET

Non, mon bon vieux ; mais vois-tu c'est moi qui m'en irai !

ANASTASE

Eh bien ! c'est pas inquiétant !

BOFFINET

Tu ne comprends pas. Les émotions que toutes ces maudites gens m'ont causées hier soir, vont me faire faire une maladie à laquelle je n'échapperai certainement pas.

ANASTASE

Ah ! Monsieur ! je vous soignerai si bien ! je vous ferai de la si bonne tisane !

BOFFINET

Mon pauvre Anastase, à mon âge on ne recommence pas la vie ! J'avais toutes mes petites habitudes, tous mes petits emplois, tout cela me tenait lieu de famille ; et dire qu'on m'a tout enlevé d'un seul coup, qu'on ne m'a rien laissé !

ANASTASE

Oui, mais tout cela peut revenir aussi !

BOFFINET

Tu sais bien, que je n'ai jamais eu de chance !

ANASTASE

N'y a-t-il pas un commencement à tout. Il ne
ne faut qu'une fois !

SCÈNE XIII

Les mêmes. Le sous-préfet, M. d'Espingoles, M. Rupétaud, Francastel, Champignon Chassepoule, Coupepapier.

FRANCASTEL

M. le sous-préfet, je vous suis infiniment
reconnaissant d'avoir bien voulu me suivre chez
mon oncle.

LE SOUS-PRÉFET

M. le substitut... je me dois à tout le monde.

FRANCASTEL

Et vous avez ici à faire une œuvre de justice.
Je crois que vous pouvez être juge suprême en
cette affaire.

LE SOUS-PRÉFET

Je ferai tout mon possible pour maintenir la
bonne entente.

FRANCASTEL

Mon oncle... reprenez courage.

BOFFINET

Va toujours... cher enfant... je commence à m'habituer aux avaries.

ANASTASE

Monsieur, ne vous tourmentez donc pas... ça va venir.... vous allez voir...

FRANCASTEL

Monsieur d'Espingoles, la lettre que vous avez reçue... ne vous était point destinée... croyez-le bien. C'est une erreur de mon oncle... qui s'est trompé d'enveloppe.

M. D'ESPINGOLES

Alors... pour qui était cette lettre ?...

FRANCASTEL

Pour le père Champignon... à qui mon oncle écrivait en même temps qu'à vous... et qui vous savez... la mérite bien.

M. D'ESPINGOLES

Ah! en effet, maintenant je comprends tout.(A Boffinet.) Cher Monsieur, mille pardons de tout ce que j'ai pu faire et dire... je me rétracte complètement;

je vous supplie de venir occuper votre place au conseil de fabrique.

ANASTASE (à Boffinet.)

Eh bien ! mon maitre, je vous l'avais bien dit... Vous voyez !...

LE SOUS-PRÉFET

Père Champignon... ce n'est plus M. Boffinet, toujours trop bon... qui vous parle, c'est moi qui vous avertis que si dans trois jours vous n'avez pas payé ce que vous devez à la commune... je vous fais mettre en prison...

CHAMPIGNON

Dame ! aussi... Monsieur, je n'en savais rien, M. Boffinet me dit de piquer des piquets le long de l'église... je ne savais pas que ça voulait me dire de payer le loyer de mes prés.

FRANCASTEL

C'est encore une erreur de mon oncle : cette lettre était pour Chassepoule.

CHASSEPOULE

A la bonne heure !... Je vas pourtant savoir où piquer mes piquets. C'est pas trop tôt... mais au moins c'est clair, ça me dit mieux que de placer les chaises dans le transept droit. ····

FRANCASTEL (à d'Espingole.)

C'était là... Monsieur, la lettre qui vous était destinée.

LE SOUS-PRÉFET

Messieurs... vous devez être satisfaits de ces explications... et je prends sur moi de prier M. Boffinet de vouloir bien reprendre son poste de commissaire du comice agricole, et d'ailleurs, Messieurs... vous ne devez pas en vouloir à M. Boffinet, car la cause de toutes ces erreurs c'est l'empressement que M. Boffinet a mis à courir au feu, pendant qu'il croyait sa sœur mourante.

ANASTASE

Et qu'il n'avait pas déjeuné... et qu'il avait sa valise... sa couverture et son parapluie...

LE SOUS-PRÉFET (à Rupétaud.)

Ainsi... M. Rupétaud... guérissez votre fermier... mais je prie M. Boffinet de reprendre son épée et son casque !...

ANASTASE (à Boffinet.)

Voyez-vous... Monsieur, ça vient. Ne vous tourmentez pas !...

FRANCASTEL

Maintenant... Monsieur le sous-préfet, j'arrive à

une autre affaire d'une plus haute importance...
dont je vous ai déjà entretenu.

LE SOUS-PRÉFET

Parfaitement, Monsieur.

FRANCASTEL

M. Coupepapier accuse mon oncle d'avoir
attenté à ses jours... avec une bombe Orsini, dont
il déclare posséder les débris...

COUPEPAPIER (tremblant.)

Mais... Monsieur, je me suis peut-être trompé.

FRANCASTEL

Ne vous souvenez-vous plus de ce que vous
m'avez dit tantôt ?...

COUPEPAPIER

C'est sous l'empire d'une première frayeur...
que j'ai agi.

CHASSEPOULE

Et mon signalement ?

COUPEPAPIER

Taisez-vous, garde !...

FRANCASTEL

Monsieur, au contraire, laissez-le parler.

CHASSEPOULE

Monsieur Coupepapier... je me défie de vous à présent. (Au sous-préfet.) Tenez, Monsieur, voilà mon signalement... et l'acte d'accusation de M. le juge.

LE SOUS-PRÉFET (les prend et les parcourt, puis il ajoute.)

Monsieur le juge, où sont ces fragments d'affûts de biscaïens dont vous m'avez parlé ?

COUPEPAPIER (montrant des débris.)

Les voici... Monsieur.

LE SOUS-PRÉFET

Voyons.

FRANCASTEL (montrant le bout de la lunette.)

Et M. le sous-préfet... voici le dernier mot de l'affaire... Voici la lunette qui tournait sur ce trépied... qui s'est brisée en tombant.

BOFFINET

Ma belle lunette !...

LE SOUS-PRÉFET

Monsieur le juge... de deux choses l'une, ou

vous êtes un être dénué de tout bon sens, ou
vous êtes d'une méchanceté sans pareille.

ANASTASE

De peur de vous tromper, mettez les deux,
M. le sous-préfet.

LE SOUS-PRÉFET

En conséquence, je vous annonce que vous
êtes démis de vos fonctions.

COUPEPAPIER

Grâce!... M. le sous-préfet.

LE SOUS-PRÉFET

Monsieur, je n'ai pas à revenir sur cette décision,
et qui plus est... je charge M. Boffinet de rendre
la justice à votre place dans cette commune.

BOFFINET

Je n'ai plus besoin d'être adjoint maintenant.
(On sonne.) Allons, cours vite ouvrir. (Anastase
sort.)
Ah ! Messieurs, j'ai tant de chance maintenant,
que j'ai bien peur que ce soit quelque malheur qui vienne... détruire toutes mes espé-
rances.

ANASTASE (avec une lettre.)

Monsieur, Monsieur, une lettre comme celle
d'hier.

BOFFINET

Que me veulent-ils ? Avec votre permission.
(Il lit.)

Monsieur,

« Apprenant les malheurs qui vous sont arrivés
« par suite de vos études astronomiques, la
« société à l'unanimité plus une voix, vous acclame
« son secrétaire perpétuel. » Ah ! Messieurs !...
Anastase !... c'est un rêve !... Moi, secrétaire
perpétuel !...

ANASTASE

Je vous l'avais dit.

FRANCASTEL

Cher oncle, êtes-vous consolé ?

BOFFINET

Je ne puis croire à tant de bonheur !

LE SOUS-PRÉFET (à Boffinet.)

Monsieur, je suis heureux de vous avoir rendu
justice comme vous le méritez ; je vous prie
à l'avenir de compter entièrement sur moi. (Il salue
et sort.)

BOFFINET

Messieurs, pour fêter cet heureux jour, je vous
invite tous en amis !...

ANASTASE

Pas M. Coupepapier toujours ?

BOFFINET

Pourquoi pas ?... (A Coupepapier.) Monsieur, je vous pardonne du fond du cœur ce que vous avez fait, en vous souhaitant plus de chance une autre fois.

CHASSEPOULE

Très bien dit, M. Boffinet, je vais piquer mes piquets pour gagner de l'appétit... Allons ! tout le monde comme un homme seul : Vive M. Boffinet !

TOUS

Vive M. Boffinet !

COUPEPAPIER (avec dédain.)

Pauvres têtes qui tournez à tous vents.

CHASSEPOULE

Et dites donc, vous :
Cui, cui, cui, cui.

Le rideau baisse.

FIN

Saint-Amand (Cher.) — Imprimerie Catholique Saint-Joseph.

Le Sacrifice d'Abraham

GENÈSE

www.ingramcontent.com/pod-product-compliance
Lightning Source LLC
Chambersburg PA
CBHW070746280626
47162CB00017B/2400